Analyse de l'œuvre

Par Anne Delandmeter
et Maud Couture

Au Bonheur des dames

d'Émile Zola

lePetitLittéraire.fr

Rendez-vous sur lepetitlitteraire.fr et découvrez :

Plus de 1200 analyses
Claires et synthétiques
Téléchargeables en 30 secondes
À imprimer chez soi

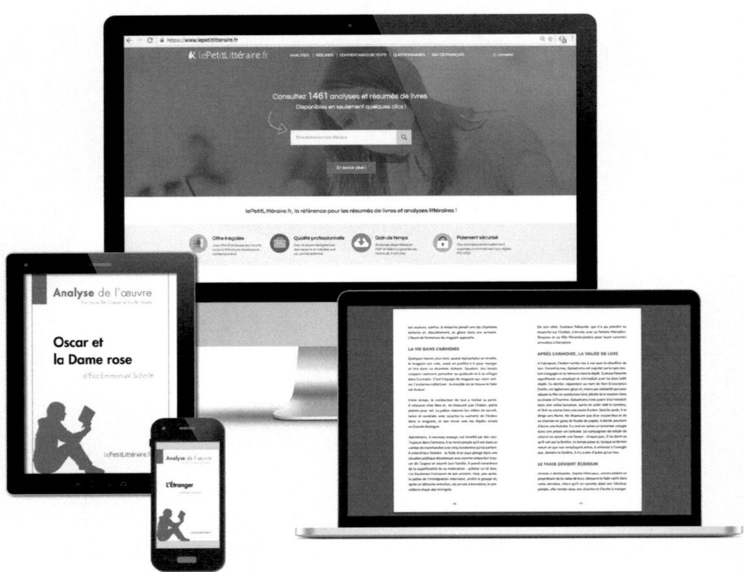

ÉMILE ZOLA

ÉCRIVAIN ET JOURNALISTE FRANÇAIS

- **Né en 1840 à Paris**
- **Décédé en 1902 dans la même ville**
- **Quelques-unes de ses œuvres :**
    - *L'Assommoir (1877), roman*
    - *Nana* (1880), roman
    - *Germinal* (1885), roman

Né en 1840 et décédé en 1902, Émile Zola est considéré comme l'un des romanciers majeurs du XIXe siècle en France. Il est le chef de file du mouvement naturaliste qui entend appliquer à la littérature les méthodes scientifiques expérimentales de l'époque : après observation du réel, Zola émet une hypothèse et la vérifie par expérimentation dans ses œuvres. Le cycle romanesque des *Rougon-Macquart*, la principale œuvre de l'auteur, se pose comme l'illustration de cette esthétique. Cette fresque de vingt livres connaitra un grand succès malgré les nombreuses critiques.

Zola est également célèbre pour ses prises de position, souvent sources de condamnations. La plus notoire concerne l'affaire Dreyfus où son pamphlet *J'accuse… !* (1898) contribua grandement à l'issue heureuse du procès du capitaine Dreyfus (1859-1935).

AU BONHEUR DES DAMES

UN ROMAN TÉMOIN
DE L'ESSOR DU CAPITALISME

- **Genre :** roman
- **Édition de référence :** *Au Bonheur des dames*, Paris, Le Livre de Poche, 1984.
- **1re édition :** 1883
- **Thématiques :** naturalisme, réussite, capitalisme, ère industrielle, commerce

Au Bonheur des dames appartient au cycle des *Rougon-Macquart*, une fresque romanesque sous-titrée *Histoire naturelle et sociale d'une famille sous le Second Empire*. L'ensemble retrace le destin de deux branches d'une même famille, dont les membres descendent tous d'une femme atteinte de folie, Adélaïde Fouque. Mariée à un jardinier dénommé Rougon, elle donne naissance à Pierre peu après la mort accidentelle de son époux. Adélaïde devient ensuite la concubine de Macquart, un homme connu pour son alcoolisme, avec lequel elle a deux enfants, Antoine et Ursule. Chaque personnage issu de ces unions hérite plus ou moins fortement des tares de ses parents. Le cycle s'ouvre en 1851 alors que débute le Second Empire, et se clôt en 1872, peu après la guerre qui a mené le régime à sa perte.

Notre roman, le onzième, se situe au milieu du cycle. Paru en 1883, il fait le récit de l'arrivée à Paris de Denise, jeune fille élevant seule ses deux frères, sans le sou et à l'avenir incertain, jusqu'à son mariage avec Octave Mouret, propriétaire du grand magasin nommé *Au Bonheur des dames*. En même temps que l'on suit le parcours de la jeune femme, engagée comme simple vendeuse, le lecteur est témoin de l'emprise grandissante des nouveaux magasins sur l'économie parisienne, au détriment des petits commerces qui sont tout bonnement engloutis par le succès de ces nouveaux concurrents. Le roman se propose finalement comme une description d'une nouvelle ère économique guidée par le capitalisme triomphant.

RÉSUMÉ

CHAPITRE I

Après la mort de ses parents, Denise, une jeune fille de 20 ans, arrive avec ses deux frères chez son oncle Baudu à Paris. Celui-ci, qui possède un petit magasin, ne peut accueillir Denise comme promis. Séduite par le luxe du grand magasin situé en face de chez lui, *Au Bonheur des dames*, elle s'y rend le lendemain après avoir appris que le rayon des confections était à la recherche de quelqu'un.

CHAPITRE II

Denise se présente au magasin en même temps que Deloche, un garçon aussi timide qu'elle. Personne ne veut embaucher la fille excepté Mouret, le patron, qui intervient à cet effet : il lui trouve un « charme caché » (p. 68).

Denise pense être tombée amoureuse de Hutin, un vendeur.

CHAPITRE III

Mme Desforges, une amante de Mouret, invite, pour le thé du samedi, le baron Hartmann, directeur du Crédit immobilier, Mouret et des bourgeoises. Mouret est très apprécié de ces dernières, qui sont séduites par le magasin qu'il possède. Il veut que le baron lui cède des immeubles pour agrandir sa boutique. Le baron accepte à condition que la vente du lundi soit un succès.

CHAPITRE IV

Denise commence à travailler le jour de la vente des nouveautés d'hiver. Les vendeuses la critiquent et lui enlèvent les ventes sérieuses, tandis que les vendeurs se battent pour s'occuper des clients qui achèteront le plus. La foule arrive dans l'après-midi, et le magasin réalise le « plus gros chiffre d'une maison de nouveautés en un jour » (p. 135).

CHAPITRE V

Denise résiste déjà depuis deux mois malgré la fatigue et la haine des vendeuses à son égard. Elle manque cruellement d'argent. Sa seule amie, Pauline, lui conseille de prendre un amant pour survivre, ce qu'elle refuse.

Un jour, Denise croise Hutin avec une fille, ce qui l'a fait souffrir. Peu de temps après, Deloche lui avoue son amour, mais elle n'éprouve pour lui aucun sentiment amoureux. Elle rentre chez elle et tombe face à face avec Mouret qui est, lui aussi, troublé par elle.

CHAPITRE VI

L'arrivée de la « morte-saison d'été » (p. 173) provoque des renvois en masse. Tous les employés paniquent.

Des rumeurs courent sur Denise : on prend un de ses frères pour son amant et l'autre pour son fils. Hutin devient méchant avec elle. Mouret apprend que Denise travaille également la nuit afin de gagner plus d'argent. Bourdoncle, chargé de la surveillance générale, veut la renvoyer, mais

Mouret la défend. Juste après, Denise est surprise en train de parler dans un coin du magasin avec son frère, qu'on prend pour son amant. Bourdoncle la renvoie. Mouret apprend que c'est son frère ; il est furieux de ne pas avoir été consulté au préalable sur cette affaire.

CHAPITRE VII

Denise sous-loue une chambre chez Bourras, un petit commerçant, qui l'engage par charité. Elle devient ensuite vendeuse chez Robineau. Celui-ci baisse ses prix sur la soie pour concurrencer le *Bonheur des dames*. Une guerre des prix éclate alors entre les deux commerçants : Robineau perd la lutte, ne pouvant plus descendre les siens.

Denise croise Mouret dans la rue : il s'excuse du malentendu à la suite duquel elle a été congédiée.

CHAPITRE VIII

La rue du Dix-Décembre est construite, et des travaux au *Bonheur des dames* ont lieu jour et nuit. Geneviève, la fille de Baudu, apprend que son fiancé Colomban aime une vendeuse du *Bonheur des dames*, Clara. Elle s'enfonce dans la tristesse.

Remarquant que Robineau ne sait plus la payer et qu'il n'ose la congédier, Denise décide de retourner au *Bonheur des dames*. Elle apprend que Clara a couché avec Mouret envers qui elle éprouve « un malaise inconnu » (p. 253). Elle en informe Colomban.

CHAPITRE IX

Lors d'une « grande exposition des nouveautés d'été » (p. 259), Mouret a de nouvelles idées pour augmenter les ventes : publicités, mise au point du système des « rendus » si la cliente n'est pas satisfaite de son achat, renouvèlement rapide des marchandises, création d'impression de foules et de désordre parmi les rayons.

Denise est maintenant acceptée par les vendeuses.

Jalouse de la liaison qu'entretiennent Clara et Mouret, Mme Desforges se rend au magasin pour la voir. À la place, elle découvre sa véritable rivale, Denise, que Mouret regarde sans cesse.

Ce dernier la nomme seconde et comprend qu'il l'aime. Elle éprouve également des sentiments pour lui, mais résiste malgré tout.

CHAPITRE X

Denise, riche et appréciée, a « conquis le rayon » (p. 302).

Mouret l'invite par lettre à manger avec lui. Tous critiquent Denise derrière son dos. Ils croient qu'elle a obtenu le poste de seconde en couchant avec le patron. Mouret rejoint Denise et lui déclare son amour. Il la supplie de diner avec lui, ce à quoi elle lui répond : « Je ne suis pas une Clara, qu'on lâche le lendemain. Et puis, Monsieur, vous aimez une personne, oui, cette dame qui vient ici... Restez avec elle. Moi, je ne partage pas » (p. 328).

CHAPITRE XI

Pour humilier Denise, Mme Desforges organise une rencontre chez elle entre Mouret et la jeune femme, à qui elle a demandé de venir sous prétexte de retoucher un manteau. Mouret accepte parce qu'il veut rencontrer le baron Hartmann pour affaire. Mme Desforges lui demande de la rejoindre dans sa chambre pour le confronter à Denise et, « heureuse de rabaisser la jeune fille à cette besogne de servante » (p. 349), elle la traite avec mépris. Mouret défend la vendeuse.

CHAPITRE XII

Le « règne de Denise » (p. 361) commence. Tous la respectent, mais des rumeurs courent sur des relations qu'elle aurait avec Deloche. Mouret souffre de plus en plus du rejet de Denise.

Le magasin s'agrandit encore au point que l'on dit que « son personnel aurait [pu] peupl[er] une petite ville » (p. 369).

Mouret trouve Deloche et Denise ensemble et pense qu'ils sont amants. Il supplie Denise de s'expliquer. Elle se refuse toujours à lui. Mouret la nomme première aux costumes pour enfants. Pauline apprend à Denise que tous pensent qu'elle résiste à Mouret afin qu'il lui demande de l'épouser. Elle décide alors de partir.

CHAPITRE XIII

Geneviève, abandonnée par Colomban, tombe malade et

meurt. Son enterrement apparait comme une manifestation contre le *Bonheur des dames*. Mais il ne s'agit pas là du seul malheur qui atteint les personnages du roman : Robineau tente de se suicider ; Mme Baudu meurt de chagrin ; Bourras est expulsé ; Baudu ferme sa boutique. Malgré cela, Denise pense « qu'il fallait ce fumier de misères à la santé du Paris de demain » (p. 410) et aime encore davantage Mouret.

CHAPITRE XIV

Le jour de la grande exposition de blanc, le magasin est plein de monde.

Mouret, qui pensait que se marier une seconde fois porterait malheur au magasin (« une femme introduite changeait l'air, chassait les autres, en apportant son odeur », p. 438), demande Denise en mariage. Elle lui dit qu'elle l'aime et part pour Valognes où il ira la chercher « pour l'en ramener à son bras » (p. 470).

ÉTUDE DES PERSONNAGES

UN COUPLE DE PERSONNAGES ÉTONNANT

Chaque roman des *Rougon-Macquart* propose presque systématiquement de mettre en scène un personnage de la famille étudiée, et d'attirer l'attention sur un destin en particulier. *Au Bonheur des dames* se distingue ici pour deux raisons. Remarquons d'abord qu'Octave Mouret a le privilège d'être le héros de deux des romans du cycle, puisque *Pot-Bouille*, le roman qui précède *Au Bonheur des dames*, racontait son arrivée à Paris en tant que jeune provincial ambitieux. D'autre part, c'est Denise que l'on suit du début à la fin ; c'est elle le véritable personnage principal du roman : pour une fois, le destin que l'on découvre n'est pas celui d'un Rougon ni d'un Macquart. Ceci nous révèle peut-être l'intérêt que portait Zola à ce roman, et l'ambition de le faire ressortir du cycle. C'est que l'Histoire du Second Empire n'est pas totalement détestable, et, de même qu'il faut dévier légèrement son regard de la famille de Mouret pour faire le récit d'un destin heureux, il faut détourner son regard de tous les aspects négatifs du régime pour reconnaitre l'aspect positif de certaines transformations.

Denise Baudu

Denis Baudu est le personnage principal de l'histoire par rapport auquel tous les autres se définissent. Denise, dont les parents sont morts, est une fille simple venue de province avec ses deux frères dont elle s'occupe comme une mère et à qui elle sacrifie tout. Sans argent, elle espère trouver refuge auprès de son oncle à Paris. Celui-ci ne pouvant l'accueillir, elle est obligée de travailler pour le grand magasin de Mouret.

Elle est vertueuse, d'une grande droiture morale et n'accepte pas de prendre un amant bien qu'on lui répète qu'une « femme, à Paris, ne pouvait vivre de son travail » (p. 207).

Denise est le personnage qui évolue le plus tout au long du roman :

- physiquement, elle est d'abord présentée comme chétive, avec une chevelure blonde épaisse mal coiffée et le visage triste. Les vendeuses l'appellent la « mal peignée ». Ensuite, tous s'accordent pour lui trouver du charme ;
- au fur et à mesure de l'histoire, elle obtient un niveau de vie et un statut meilleurs. Elle passe de simple vendeuse à première de rayon. Cependant, depuis le début, elle a confiance dans l'avenir.

Au début du roman, elle croit être amoureuse du vendeur Hutin, mais elle est troublée chaque fois qu'elle est en présence de Mouret. Elle se rend compte qu'elle aime son patron. Cependant, elle est heureuse de sa solitude et ne veut pas se marier. « C'était par un instinct du bonheur qu'elle s'entêtait, pour satisfaire son besoin d'une vie tranquille, et non pour obéir à l'idée de sa vertu. » (p. 383)

Elle représente la revanche de la femme. Dans le roman, plusieurs personnes annoncent cette vengeance à Mouret : la femme « vous tirera plus de sang et d'argent que vous ne lui en aurez sucé. » (p. 346) Malgré sa fortune, le patron n'arrive pas à avoir Denise, et il souffre à cause d'elle. L'amour n'a pas de prix, il ne peut acheter celle qu'il aime.

Denise se situe entre deux mondes : moderne (elle partage les idées de Mouret sur le commerce) et traditionnel (les petits commerçants, ses proches). Elle est pleine de compassion pour son entourage, mais elle ne peut s'empêcher de considérer les changements qui surviennent comme positifs.

Octave Mouret

Par la « conquête brusque et inexplicable de Mme Hédouin » (p. 31) et par la richesse de celle-ci (morte peu de temps après), Octave Mouret devient le seul héritier et le directeur du *Bonheur des dames*. Il séduit ensuite Mme Desforges pour pouvoir traiter avec l'un de ses amants, le baron Hartmann. C'est un homme séduisant, sûr de lui, profondément optimiste et passionné (« crever pour crever, je préfère crever de passion que de crever d'ennui » p. 353).

Il considère la femme comme un être futile, superficiel, un objet d'exploitation dont il veut tirer un maximum de profit, jusqu'à sa rencontre avec Denise dont il tombe éperdument amoureux.

Dans les *Rougon-Macquart*, nous retrouvons à plusieurs reprises ce type de personnage conquérant qui veut atteindre la grandeur. Mouret cherche à étendre au maximum son commerce afin de gagner le plus d'argent possible, mais il désire surtout améliorer son système, sa machine.

LES PETITS COMMERÇANTS

Les petits commerçants forment une unité qui s'oppose au grand magasin à cause duquel ils font faillite les uns après les autres. Ils seront tous les victimes du *Bonheur des dames*.

À plusieurs reprises, Denise leur propose de céder leur commerce au grand magasin, mais tous refusent. Au fur et à mesure de la croissance du *Bonheur des dames*, la situation des commerçants des alentours se dégrade. La famille Baudu en est un exemple. Geneviève, la fille, meurt, victime de ce commerce sans lequel Colomban, son fiancé, n'aurait pas rencontré Clara, une vendeuse dont il est tombé amoureux. L'épouse de Baudu décède peu après de tristesse. Lorsque ces petits commerçants se rendent à l'enterrement de la fille de Baudu, Denise croit entendre le « piétinement d'un troupeau conduit à l'abattoir, toute la déconfiture des boutiques d'un quartier, le petit commerce traînant sa ruine » (p. 406).

LES CLIENTES

Mme Henriette Desforges

Veuve d'un homme qui lui a laissé une fortune considérable, Mme Desforges a une liaison discrète avec le baron Hartmann qui l'a toujours conseillée. Le baron tolère qu'elle ait d'autres amants. Elle est folle amoureuse de Mouret. Zola insiste surtout sur la jalousie qu'elle éprouve à l'égard de l'amour de Mouret pour Denise.

Bourgeoise élégante, elle vient au magasin pour faire des

achats.

Autres clientes

Chacune des clientes correspond à un profil type : celle qui achète peu et ne fait que regarder, celle qui ne peut arrêter de dépenser son argent, celle qui vole, etc. Mais toutes ont en commun leur superficialité. Leurs conversations et leurs pensées ne concernent que leurs achats et le magasin.

Elles correspondent à l'idée que se fait Mouret de la femme. Selon lui, elle ne peut résister à des prix bon marché et achète donc sans besoin juste pour faire de bonnes affaires. Elles sont séduites par Mouret qui les flatte constamment, les manipule, crée une mécanique qui « mange » les femmes (p. 92) : « Mouret avait l'unique passion de vaincre la femme. Il la voulait reine dans sa maison, il lui avait bâti ce temple, pour l'y tenir à sa merci. » (p. 260)

CLÉS DE LECTURE

NATURALISME ET SOUCI DE VRAISEMBLANCE

À l'époque où Zola écrit *Au Bonheur des dames*, on pressent le futur triomphe de la science. L'auteur se conforme donc à cette tendance afin de donner de la légitimité à ses romans, et considère la littérature comme une science parmi d'autres. Il est d'ailleurs le chef de file du naturalisme et se situe « à la fois [comme] observateur et expérimentateur » (BELGRAND A., *Étude sur Émile Zola*, p. 15). Il étudie les phénomènes qui influencent l'homme moderne, comme l'hérédité et le milieu.

Pour évoquer son époque, où apparaissent les grands commerces et l'ère industrielle, il se documente, observe et interroge des employés de magasin afin d'appuyer son histoire sur des éléments solides et réels.

Les descriptions jouent ainsi un rôle important dans l'écriture de Zola. Le récit est ponctué de longues descriptions. Elles commencent par des généralités, puis s'attachent à des détails, comme les indications sur les couleurs. Elles sont disséminées dans tout le roman afin de ne pas saturer le lecteur en lui donnant toutes les caractéristiques du *Bonheur des dames* en une seule fois. Elles ont un but précis : elles sont l'« indispensable consolidation de la signification » (ADAM-MAILLET M., *Étude sur Zola et le roman*, p. 106). Les descriptions successives montrent la réussite croissante de l'entreprise de Mouret. Par elles, Zola dépeint la société de son époque et la met en garde contre les manipulations, la publicité et les tactiques de vente utilisées par les grands magasins.

Dans son manifeste littéraire intitulé *Le Roman expérimental* (1880), Zola explique leur rôle :

> « Nous estimons que l'être ne peut être séparé de son milieu, qu'il est complété par son vêtement, par sa maison, par sa ville, par sa province ; et, dès lors, nous ne noterons pas un seul phénomène de son cerveau ou de son cœur, sans en chercher les causes ou le contrecoup dans le milieu. De là ce qu'on appelle nos éternelles descriptions. »

NATURALISME ET IMPRESSIONNISME

En plus de ses activités de romancier, Zola s'intéresse de très près à la peinture. N'a-t-il pas été l'ami d'enfance de Cézanne (1839-1906), que l'on peut discerner sous les traits de Claude Lantier, le peintre maudit de *L'Œuvre* (1886) ?

Se revendiquant d'une modernité littéraire, c'est sans surprise qu'il s'est exprimé au sujet de l'impressionnisme. Pour lui, Manet (1832-1883) était en peinture l'équivalent d'un auteur naturaliste en littérature : il peignait le monde tel qu'il était.

On peut retrouver des traces de son gout pour la peinture à l'intérieur même d'*Au Bonheur des dames*. Les descriptions peuvent en effet se lire comme autant de tableaux impressionnistes, caractérisés par des effets de flou et des taches de couleurs, qui rendent mieux la vision que l'on a d'une foule en mouvement.

UN ROMAN OPTIMISTE

L'optimisme du roman contraste avec les quatre romans précédents de Zola, qui étaient très noirs. *Au Bonheur des dames* peut même être considéré comme l'un des seuls romans optimistes de l'auteur. Zola l'écrit pourtant au moment où il vit une crise intérieure (il traverse de nombreux deuils), souhaitant peut-être par là exorciser sa douleur et guérir.

Le récit raconte la réussite de Denise ainsi que celle de Mouret et de son magasin. L'avènement du grand magasin, malgré la mort des petits commerces, est présenté comme quelque chose de bénéfique pour l'ensemble de la société. Denise et Mouret proposent d'ailleurs à plusieurs reprises aux petits commerçants de s'en sortir en vendant leur commerce et/ou en travaillant au *Bonheur des dames*, ce qu'ils refusent tous. De plus, la fin du roman est heureuse pour ces deux protagonistes, puisque Mouret s'apprête à épouser Denise.

La volonté qu'a eue Zola de réaliser un roman moins noir pourrait être liée au public cible du roman. Ce roman devait s'adresser, dans son esprit, à un public essentiellement féminin, et Zola considère que les femmes n'aiment pas les fins tragiques. En cela, il est amusant de constater qu'il se comporte tout à fait comme son héros : il connait – ou croit connaitre – la psychologie féminine et tente donc de lui donner ce qu'il aime, de le flatter, de le séduire et lui faire acheter son roman. (*Étude sur Zola et le roman*, p. 63)

MODERNITÉ ET CRÉATION

L'optimiste du roman va de pair avec une peinture positive de la modernité. Zola fait en effet implicitement l'éloge de cette révolution qui transforme le monde, quitte à détruire un ancien état des choses. N'est-ce pas finalement le but de l'art que de vouloir se renouveler sans cesse ? N'est-ce pas non plus l'obsession du XIXe siècle que de vouloir dire la modernité ?

Il y a en effet un parallèle à faire entre la modernité d'*Au Bonheur des dames* et l'acte créateur. Pour s'en convaincre, il suffit de constater qu'Octave Mouret est régulièrement comparé à un artiste au cours du roman. Il est d'abord comparé à un poète dans le chapitre II : « Mouret se jetait en poète dans la spéculation, avec un tel faste, un besoin tel du colossal, que tout semblait devoir craquer sous lui. » Il est ensuite, dans le même chapitre, un peintre « révolutionnaire », qui choque les académistes :

> « Il avait pris les pièces, il les jetait, les froissait, en tirait des gammes éclatantes. Tous en convenaient, le patron était le premier étalagiste de Paris, un étalagiste révolutionnaire à la vérité, qui avait fondé l'école du brutal et du colossal dans la science de l'étalage. Il voulait des écroulements, comme tombés au hasard des casiers éventrés, et il les voulait flambants des couleurs les plus ardentes, s'avivant l'un par l'autre. En sortant du magasin, disait-il, les clientes devaient

avoir mal aux yeux. Hutin, qui, au contraire, était de l'école classique de la symétrie et de la mélodie cherchées dans les nuances, le regardait allumer cet incendie d'étoffes au milieu d'une table, sans se permettre la moindre critique, mais les lèvres pincées par une moue d'artiste dont une telle débauche blessait les convictions »

C'est enfin un chef d'orchestre de « génie » au chapitre XIV :

« – Oh ! Extraordinaire ! répétaient ces dames. Inouï ! Elles ne se lassaient pas de cette chanson du blanc, que chantaient les étoffes de la maison entière. Mouret n'avait encore rien fait de plus vaste, c'était le coup de génie de son art de l'étalage. Sous l'écroulement de ces blancheurs, dans l'apparent désordre des tissus, tombés comme au hasard de ces cases éventrées, il y avait une phase harmonique, le blanc suivi et développé de tous ses tons, qui naissait, grandissait, s'épanouissait, avec l'orchestration compliquée d'une fugue de maître, dont le développement continu emporte les âmes d'un vol sans cesse élargi. [...] cela partait des blancs mats du calicot et de la toile, des blancs sourds de la flanelle et du drap ; puis, venaient les velours, les soies, les satins, une gamme montante, [...] les tulles surtout, si légers, qu'ils étaient comme la note extrême et perdue ; tandis que l'argent des pièces de soie orientale chantait le plus haut, au fond de l'alcôve géante. »

Zola fait de Mouret le représentant d'un art en évolution, capable de sortir des sentiers battus, de s'affranchir du classicisme. Il n'est pas étonnant alors que l'auteur offre à son personnage gloire et succès : il compte par là affirmer sa foi dans l'art moderne.

GRANDS MAGASINS ET CAPITALISME

Dans *Au Bonheur des dames*, Zola décrit l'évolution de son époque qui entre dans l'ère industrielle. Il a lui-même vécu ce bouleversement puisqu'il a travaillé aux Éditions Hachette qui ont créé une collection bon marché, la « Bibliothèque de gare », qui a permis une augmentation considérable du nombre de lecteurs. À cette époque, « la littérature n'est plus une création démiurgique, mais devient une production à mettre en circulation dans la société, tout comme l'argent qu'elle procure, ferment du changement et de la nouveauté. » (*ibid.*, p. 112)

Pour écrire ce roman, Zola s'est énormément informé, mais il ne faut pas considérer que toutes les descriptions sont réalistes. L'auteur s'est certes inspiré du *Bon Marché* et du *Louvre*, deux enseignes apparues 1820, mais, les petits magasins coexistaient encore avec les grands, qui ne les gênaient pas. L'expansion du *Bonheur des dames* dure quatre ans et demi dans le roman, tandis que dans la réalité un changement de ce type prendrait une vingtaine d'années. Néanmoins, les idées exposées par Mouret dans le chapitre IX correspondent à la réalité. Il ébauche un type de vente qui correspond au système capitaliste : achat et vente rapides, publicité, pourcentage accordé aux employés sur leurs ventes en plus de leur salaire, importance des banques, développement du système des « rendus », etc.

Le grand magasin, présenté comme un progrès par Zola, permet la démocratisation du luxe. Il constitue « l'embryon des vastes sociétés ouvrières du vingtième siècle » (p. 388).

Son système de vente s'oppose donc à celui des petits commerçants qui estiment que « l'art n'était pas de vendre beaucoup, mais de vendre cher » (p. 33). Ces derniers finiront mangés par le grand magasin. Pour eux, la dignité du commerce est « compromise » (*ibid.*) à cause de cet « ogre », de ce « monstre » qui ne cesse de croitre.

Pour parvenir à se développer, le grand magasin doit également revoir la manière dont ses employés travaillent : ceux-ci vivent dans un « coup de fièvre perpétuel » (p. 54) et ne sont que des instruments de la « machine géante » (p. 366) ; ils ne retrouvent leur humanité que lorsqu'ils quittent le magasin.

Peu à peu, les petits commerces apparaissent de plus en plus sombres, froids, évoquant des caves et des prisons, tandis que le grand magasin est caractérisé de plus en plus positivement : il est coloré, moderne, imposant, gai et plein de vie. De même, il devient le nouveau lieu de culte dans une société moderne sans dieu. Le bazar remplace les églises : « La femme venait passer chez lui les heures vides [...] qu'elle vivait jadis au fond des chapelles. » (p. 464)

LE DÉTERMINISME GÉNÉTIQUE

En adéquation avec l'idée principale de son cycle qui se base sur l'héritage de tares héréditaires, Zola n'oublie pas de disséminer à certains endroits du roman des allusions au déterminisme génétique. Ainsi, Geneviève, la cousine de Denise, est décrite en ces termes : « Geneviève, chez qui s'aggravait la dégénérescence de sa mère, avait la débilité et la décoloration d'une plante grandie à l'ombre. » (chapitre I)

N'oublions pas non plus que Mouret vient d'une famille de « dégénérés », même s'il est l'un des seuls à échapper au malheur, parce qu'il n'a hérité que des bons côtés :

> « Il tenait de son père, auquel il ressemblait physiquement et moralement, un gaillard qui connaissait le prix des sous ; et, s'il avait de sa mère ce brin de fantaisie nerveuse, c'était là peut-être le plus clair de sa chance, car il sentait la force invincible de sa grâce à tout oser. » (chapitre II)

Ce faisant, Zola tisse un peu plus finement le lien du roman avec ceux du cycle, tout en justifiant le succès de Mouret.

LE CONFLIT ENTRE LA MODERNITÉ ET LA TRADITION

Dans ses romans, Zola oppose souvent deux milieux à l'intérieur desquels il crée des « personnages contrastés » (*Étude sur Émile Zola*, p. 7). Ici, il confronte d'une part les petits commerces au *Bonheur des Dames* et, d'autre part, les petits commerçants (dont Baudu) à Mouret dans une lutte pour gagner des clients.

À l'intérieur de ces mondes, des conflits apparaissent :

- Mouret se distingue de Vallagnosc, un ancien condisciple qui donne une vision pessimiste du monde, concluant à la misère, à la médiocrité et à l'inutilité de l'existence. Au contraire, Mouret dit « [s]'amuse[r], [...] même lorsque les choses craquent » (p. 81). Il est « un passionné [qui] ne pren[d] pas la vie tranquillement » (*ibid.*) ;
- au sein même du grand magasin, il existe une rivalité

entre les rayons, les vendeurs et les clientes ;

- enfin, deux personnages féminins se distinguent et s'opposent dans chacun de ces mondes, Denise, frêle jeune femme, pauvre, travailleuse et mal coiffée, et Mme Desforges, femme distinguée vivant dans le luxe.

À travers cette opposition, Zola reprend la théorie de la sélection naturelle que Darwin (naturaliste anglais, 1809-1882) expose dans *De l'origine des espèces par voie de sélection naturelle (1859)*. Les espèces luttent constamment jusqu'à la mort du plus faible, de l'inadapté – ici, les petits commerçants. C'est ce qu'illustre cette pensée de Denise : si elle souffre bien de la misère de ses proches, elle a tout de même « conscience que cela était bon, qu'il fallait ce fumier de misères à la santé du Paris de demain » (p. 410).

PISTES DE RÉFLEXION

QUELQUES QUESTIONS POUR APPROFONDIR SA RÉFLEXION...

- Comparez la situation de la société actuelle et celle décrite dans le roman.
- En quoi ce roman est-il optimiste ?
- Quelle image des femmes ce roman véhicule-t-il ?
- Comment l'auteur donne-t-il l'illusion de la réalité dans ce roman ?
- Qu'illustre cette phrase : « Tous n'étaient plus que des rouages, se trouvaient emportés par le branle de la machine, abdiquant leur personnalité, additionnant simplement leurs forces, dans ce total banal et puissant de phalanstère. » (p. 152) ?
- Commentez et illustrez par des exemples les oppositions que Zola crée dans le roman.
- Quelle image de la femme (et de l'homme en général) véhicule cette phrase :

> « La femme venait passer chez lui les heures vides, les heures frissonnantes et inquiètes qu'elle vivait jadis au fond des chapelles : dépense nécessaire de passion nerveuse, lutte renaissante d'un dieu contre le mari, culte sans cesse renouvelé du corps, avec l'au-delà divin de la beauté. » (p. 464)

- Comparez l'ascension de la prostituée Nana, l'héroïne du roman éponyme de Zola, à celle de Denise. À cette fin, servez-vous de cet extrait de *Nana* :

« Elle avait poussé dans un faubourg, sur le pavé parisien ; et, grande, belle, de chair superbe ainsi qu'une plante de plein fumier, elle vengeait les gueux et les abandonnés dont elle était le produit. Avec elle, la pourriture qu'on laissait fermenter dans le peuple, remontait et pourrissait l'aristocratie. »

- Expliquez pourquoi Zola peut être considéré comme moderne.
- Qu'est-ce qui fait de Zola un écrivain naturaliste ?

Votre avis nous intéresse !
Laissez un commentaire sur le site de votre librairie en ligne
et partagez vos coups de cœur sur les réseaux sociaux !

POUR ALLER PLUS LOIN

ÉDITION DE RÉFÉRENCE

- ZOLA É., *Au Bonheur des dames*, Paris, Le Livre de Poche, 1984.

ÉTUDES DE RÉFÉRENCE

- ADAM-MAILLET M., *Étude sur Zola et le roman*, Paris, Ellipses, 2000.
- BELGRAND A., *Étude sur Émile Zola :* Au Bonheur des dames, Paris, Ellipses, 2000.

ADAPTATIONS

- *Au Bonheur des dames*, film de Julien Duvivier, avec Dita Parlo, Pierre de Guinpard et Armand Bour, France, 1930.
- *Au Bonheur des dames*, film d'André Cayatte, avec Michel Simon, Albert Préjean et Blanchette Brunoy, France, 1943.

SUR LEPETITLITTÉRAIRE.FR

- Commentaire portant sur le chapitre XIV d'*Au Bonheur des dames* d'Émile Zola.
- Commentaire portant sur l'incipit de *Germinal* d'Émile Zola.
- Commentaire portant sur le chapitre V de la cinquième partie de *Germinal*.
- Commentaire portant sur l'incipit de *Nana* d'Émile Zola.
- Commentaire portant sur le chapitre VI de *Nana*.

- Commentaire portant sur la scène du bal de *La Curée* d'Émile Zola.
- Fiche de lecture sur *Germinal.*
- Fiche de lecture sur *Nana.*
- Fiche de lecture sur *Thérèse Raquin* d'Émile Zola.
- Fiche de lecture sur *La Curée.*
- Fiche de lecture sur *La Fortune des Rougon* d'Émile Zola.
- Fiche de lecture sur *L'Assommoir* d'Émile Zola.
- Fiche de lecture sur *Madame Sourdis et autres nouvelles* d'Émile Zola.
- Fiche de lecture sur *Jacques Damour* d'Émile Zola.
- Fiche de lecture sur *La Mort d'Olivier Bécaille et autres nouvelles* d'Émile Zola.
- Fiche de lecture sur *La Bête humaine* d'Émile Zola.
- Fiche de lecture sur *La Terre* d'Émile Zola.
- Fiche de lecture sur *Pot-Bouille* d'Émile Zola.
- Fiche de lecture sur *L'Argent* d'Émile Zola.
- Fiche de lecture sur *Le Ventre de Paris* d'Émile Zola.
- Fiche de lecture sur *L'Œuvre* d'Émile Zola.
- Questionnaire de lecture sur *Germinal.*
- Questionnaire de lecture sur *Nana.*

L'éditeur veille à la fiabilité des informations publiées, lesquelles ne pourraient toutefois engager sa responsabilité.

www.lepetitlitteraire.fr

ISBN version numérique : 978-2-8062-1255-9
ISBN version papier : 978-2-8062-1747-9
Dépôt légal : D/2013/12603/453

Avec la collaboration de Maud Couture pour la présentation générale du roman et les chapitres suivants : « Un couple de personnages étonnant » et « Le déterminisme génétique » ainsi que l'encadré « Naturalisme et impressionnisme ».

Conception numérique : Primento,
le partenaire numérique des éditeurs.

Ce titre a été réalisé avec le soutien de la Fédération Wallonie-Bruxelles, Service général des Lettres et du Livre.

Retrouvez notre offre complète sur lePetitLittéraire.fr

- des fiches de lectures
- des commentaires littéraires
- des questionnaires de lecture
- des résumés

ANOUILH
- Antigone

AUSTEN
- Orgueil et Préjugés

BALZAC
- Eugénie Grandet
- Le Père Goriot
- Illusions perdues

BARJAVEL
- La Nuit des temps

BEAUMARCHAIS
- Le Mariage de Figaro

BECKETT
- En attendant Godot

BRETON
- Nadja

CAMUS
- La Peste
- Les Justes
- L'Étranger

CARRÈRE
- Limonov

CÉLINE
- Voyage au bout de la nuit

CERVANTÈS
- Don Quichotte de la Manche

CHATEAUBRIAND
- Mémoires d'outre-tombe

CHODERLOS DE LACLOS
- Les Liaisons dangereuses

CHRÉTIEN DE TROYES
- Yvain ou le Chevalier au lion

CHRISTIE
- Dix Petits Nègres

CLAUDEL
- La Petite Fille de Monsieur Linh
- Le Rapport de Brodeck

COELHO
- L'Alchimiste

CONAN DOYLE
- Le Chien des Baskerville

DAI SIJIE
- Balzac et la Petite Tailleuse chinoise

DE GAULLE
- Mémoires de guerre III. Le Salut. 1944-1946

DE VIGAN
- No et moi

DICKER
- La Vérité sur l'affaire Harry Quebert

DIDEROT
- Supplément au Voyage de Bougainville

DUMAS
- Les Trois Mousquetaires

ÉNARD
- Parlez-leur de batailles, de rois et d'éléphants

FERRARI
- Le Sermon sur la chute de Rome

FLAUBERT
- Madame Bovary

FRANK
- Journal d'Anne Frank

FRED VARGAS
- Pars vite et reviens tard

GARY
- La Vie devant soi

GAUDÉ
- La Mort du roi Tsongor
- Le Soleil des Scorta

GAUTIER
- La Morte amoureuse
- Le Capitaine Fracasse

GAVALDA
- 35 kilos d'espoir

GIDE
- Les Faux-Monnayeurs

GIONO
- Le Grand Troupeau
- Le Hussard sur le toit

GIRAUDOUX
- La guerre de Troie n'aura pas lieu

GOLDING
- Sa Majesté des Mouches

GRIMBERT
- Un secret

HEMINGWAY
- Le Vieil Homme et la Mer

HESSEL
- Indignez-vous !

HOMÈRE
- L'Odyssée

HUGO
- Le Dernier Jour d'un condamné
- Les Misérables
- Notre-Dame de Paris

HUXLEY
- Le Meilleur des mondes

IONESCO
- Rhinocéros
- La Cantatrice chauve

JARY
- Ubu roi

JENNI
- L'Art français de la guerre

JOFFO
- Un sac de billes

KAFKA
- La Métamorphose

KEROUAC
- Sur la route

KESSEL
- Le Lion

LARSSON
- Millenium I. Les hommes qui n'aimaient pas les femmes

LE CLÉZIO
- Mondo

LEVI
- Si c'est un homme

LEVY
- Et si c'était vrai…

MAALOUF
- Léon l'Africain

MALRAUX
- La Condition humaine

MARIVAUX
- La Double Inconstance
- Le Jeu de l'amour et du hasard

MARTINEZ
- Du domaine des murmures

MAUPASSANT
- Boule de suif
- Le Horla
- Une vie

MAURIAC
- Le Nœud de vipères

MAURIAC
- Le Sagouin

MÉRIMÉE
- Tamango
- Colomba

MERLE
- La mort est mon métier

MOLIÈRE
- Le Misanthrope
- L'Avare
- Le Bourgeois gentilhomme

MONTAIGNE
- Essais

MORPURGO
- Le Roi Arthur

MUSSET
- Lorenzaccio

MUSSO
- Que serais-je sans toi ?

NOTHOMB
- Stupeur et Tremblements

ORWELL
- La Ferme des animaux
- 1984

PAGNOL
- La Gloire de mon père

PANCOL
- Les Yeux jaunes des crocodiles

PASCAL
- Pensées

PENNAC
- Au bonheur des ogres

POE
- La Chute de la maison Usher

PROUST
- Du côté de chez Swann

QUENEAU
- Zazie dans le métro

QUIGNARD
- Tous les matins du monde

RABELAIS
- Gargantua

RACINE
- Andromaque
- Britannicus
- Phèdre

ROUSSEAU
- Confessions

ROSTAND
- Cyrano de Bergerac

ROWLING
- Harry Potter à l'école des sorciers

SAINT-EXUPÉRY
- Le Petit Prince
- Vol de nuit

SARTRE
- Huis clos
- La Nausée
- Les Mouches

SCHLINK
- Le Liseur

SCHMITT
- La Part de l'autre
- Oscar et la
  Dame rose

SEPULVEDA
- Le Vieux qui
  lisait des romans
  d'amour

SHAKESPEARE
- Roméo et Juliette

SIMENON
- Le Chien jaune

STEEMAN
- L'Assassin
  habite au 21

STEINBECK
- Des souris et
  des hommes

STENDHAL
- Le Rouge et
  le Noir

STEVENSON
- L'Île au trésor

SÜSKIND
- Le Parfum

TOLSTOÏ
- Anna Karénine

TOURNIER
- Vendredi ou
  la Vie sauvage

TOUSSAINT
- Fuir

UHLMAN
- L'Ami retrouvé

VERNE
- Le Tour
  du monde
  en 80 jours
- Vingt mille
  lieues sous
  les mers
- Voyage au
  centre de
  la terre

VIAN
- L'Écume des jours

VOLTAIRE
- Candide

WELLS
- La Guerre des
  mondes

YOURCENAR
- Mémoires
  d'Hadrien

ZOLA
- Au bonheur
  des dames
- L'Assommoir
- Germinal

ZWEIG
- Le Joueur
  d'échecs

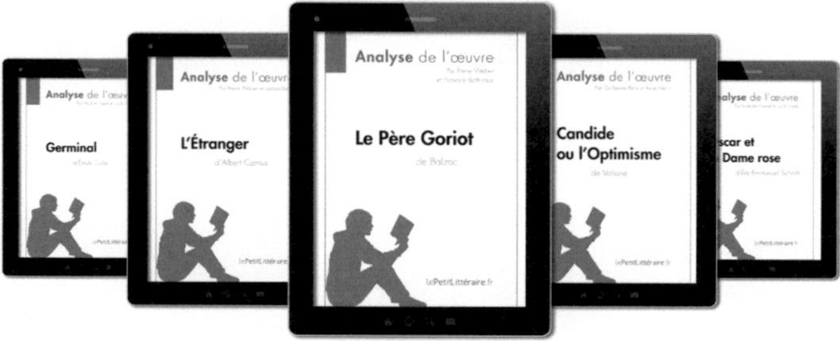